Título original: *The Boy Who Switched Off the Sun*,
publicado por primera vez
en Gran Bretaña, en 2015,
por Fourth Wall Publishing

© Fourth Wall Publishing, 2015

Texto: Paul Brown
Ilustraciones: Mark O'Hanlon

© Grupo Editorial Bruño, S. L., 2019
Juan Ignacio Luca de Tena, 15
28027 Madrid
www.brunolibros.es

Traducción: Roberto Vivero

ISBN: 978-84-696-2629-0
Depósito legal: M-201-2019

PARA KAREN Y SAFFRON,
¡MIS FAVORITAS! - PB

PARA ISAAC – MO

EL NIÑO QUE APAGÓ EL SOL

ESCRITO POR **Paul Brown**
ILUSTRADO POR **Mark O'Hanlon**

 **Bruño**

Este es el pequeño Tobi.

Y este es Marcelo, su dueño.
Marcelo tenía una gran pasión...

... ¡¡¡los helados!!!
A este niño no es que le gustaran los helados...
¡es que LE ENCANTABAN los helados!

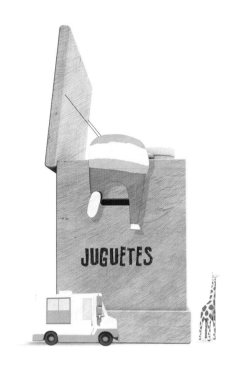

Le gustaban tanto que tenía helados escondidos
en lugares secretos de toda la casa.

Nada le gustaba más que comerse
un enorme helado de cucurucho sentado
en su banco favorito de la playa.

Pero había un problema.
Un problema muy grande: ¡El SOL!

Siempre acababa quemándole la piel y luego le dolía mucho.
Además, sus ardientes y abrasadores rayos convertían
su delicioso helado en una masa derretida y viscosa
¡mucho antes de que pudiera terminárselo!

¡Marcelo lo intentó TODO!

Intentó comerse el helado rapidísimo para que no le diese tiempo a derretirse,
pero lo único que consiguió fue llenarlo todo de manchas voladoras y pegajosas.

Intentó comérselo cuando hacía mucho frío,
pero solo consiguió…
¡que se le congelase el cereBRRRo!

Y también intentó comérselo
durante la noche,
pero pasó demasiado miedo…

Entonces, de repente, ¡se le ocurrió una idea genial!

—¡Ya lo tengo! —gritó Marcelo—. ¡Voy a apagar el Sol!

Al fin y al cabo, era como una enorme y deslumbrante bombilla en el cielo.

Pero el Sol estaba a millones
de kilómetros de distancia...

Si quería viajar hasta tan lejos,
Marcelo tendría que construir un cohete
espacial superpotente y rápido,
¡así que se puso manos a la obra!

Tras muchas semanas de trabajo duro,
construyendo, martilleando,
taladrando y ensamblando...

... ¡muy orgulloso le dio
el toque final
a su maravillosa
nave espacial!

Aquella noche Marcelo estaba
tan nervioso que casi no durmió.

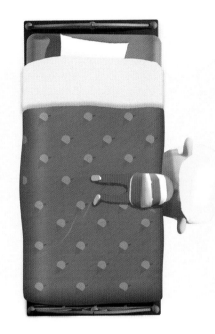

A la mañana siguiente, saltó
de la cama y fue corriendo
a mirar por la ventana.
¡Hacía un tiempo perfecto
para volar en su cohete espacial!

—¡Listo para el despegue! —dijo Marcelo

mientras empezaba la cuenta atrás...

5, 4, 3, 2, 1...
¡FIUUUU!

El increíble cohete salió disparado
y atravesó las nubes rumbo al espacio.

Volando entre las estrellas, Marcelo veía cómo
la Tierra se iba haciendo cada vez más pequeñita:
¡era como una enorme y esponjosa bola
de helado de pistacho y gominolas!

Cuando por fin llegó al Sol, el planeta Tierra era un puntito en el espacio.

«¡Qué calor! ¡Ojalá tuviera un helado fresquito!», pensó Marcelo.

En ese momento vio el botón de APAGAR y fue directo hacia él.

Entonces apretó y apretó con todas
sus fuerzas hasta que, con gran esfuerzo
y la ayuda de Tobi...

¡CHIS-PLAF!

¡Marcelo APAGÓ EL SOL!

El niño emprendió, entusiasmado, el viaje de regreso,
pero durante el camino su nave espacial, que funcionaba
con luz solar, empezó a quedarse sin energía
¡y comenzó a girar y a caer sin control!

Por suerte, Marcelo consiguió
aterrizar sano y salvo
en el jardín de su casa.

Aquella noche, muy cansado del largo
viaje, soñó, feliz, que saboreaba
su helado favorito en la playa...
¡sin que se derritiera!

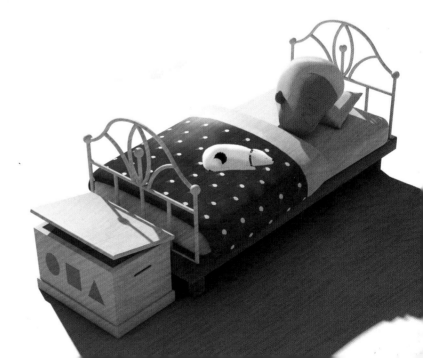

Pero a la mañana siguiente,
cuando Marcelo despertó,
las cosas no iban nada bien.

Todavía era de noche, todo daba
mucho miedo y hacía demasiado
frío para tomarse un helado.

Y, mucho peor que eso,
empezaron a pasar cosas terribles
por todo el mundo...

ÚLTIMAS NOTICIAS

LAS FLORES
Y LOS BOSQUES MUEREN

LOS ANIMALES DEL PLANETA, EN PELIGRO

GACETA TIERRA

LOS OCÉANOS SE CONGELAN

¡Marcelo se dio cuenta
de que había cometido
el error MÁS GRANDE
de la historia!
Tenía que volver
a encender el Sol
¡cuanto antes!

Pero sin el calor del Sol,
su cohete, propulsado con energía
solar, no funcionaría.
Tenía que pensar en una
solución ¡rápidamente!

Marcelo recurrió a su arma secreta para pensar: ¡helado de tarta de queso y fresa!
Y al saborear la primera cucharada…, ¡se le ocurrió una idea genial!

Construiría una enorme catapulta para lanzar una gigantesca bola de helado
que diese justo en el botón de ENCENDIDO del Sol.

Marcelo trabajó toda la noche para hacer
una bola de helado del tamaño de un castillo.

Era tan tan grande que tuvo que usar
todas sus reservas de helado, así que
¡solo tenía un intento para dar en la diana!

Por fin estaba todo preparado.
Mucha gente vino de todas partes
con la esperanza de que Marcelo
pudiese encender el Sol.

—¡Empieza la cuenta atrás! —exclamó.

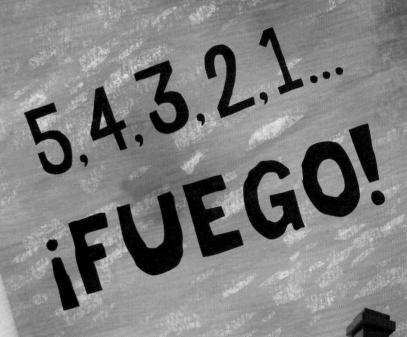

5, 4, 3, 2, 1...
¡FUEGO!

Todo el mundo miró asombrado
cómo la deliciosa bola gigante
volaba hacia el espacio.

—¡Oh, nooo! —gritó Marcelo.

A medida que se acercaba al poco calor
que le quedaba al Sol, el helado se iba derritiendo.

Cada vez se derretía más y más hasta que lo único
que quedó de él fue una bola de *tutti frutti*.

Los espectadores contuvieron la respiración cuando
la bola de helado dio justo en el centro del botón
de ENCENDIDO del Sol...

¡Pero no ocurría nada!
¿Había fracasado el plan de Marcelo?
La gente, enfadada y desesperada,
empezó a marcharse...

Y entonces, de repente, ¡el Sol empezó
a brillar con más fuerza que nunca!

¡HURRAAA!

Las calles se iluminaron y todo el mundo
empezó a bailar y a correr por ellas.

Al día siguiente, la vida volvió
al planeta Tierra...

¡LAS FLORES Y LOS BOSQUES VUELVEN A NACER!

TIEMPOS  MODERNOS

LOS OCÉANOS DEL PLANETA SE DESHIELAN

GACETA ☾ TIERRA

¡LOS ANIMALES ESTÁN SANOS Y SALVOS!

Y aunque se derritiera,
Marcelo estaba MUY FELIZ
disfrutando de su helado
en su banco favorito de la playa...

... ¡y el pequeño Tobi también!

Ahora sabían lo importante
que era el Sol para la vida.

Aunque Marcelo siempre se pondría
crema protectora para no quemarse
¡y nunca dejaría los helados al sol
durante mucho tiempo!

Este libro se terminó

de imprimir

en el mes de enero de 2019

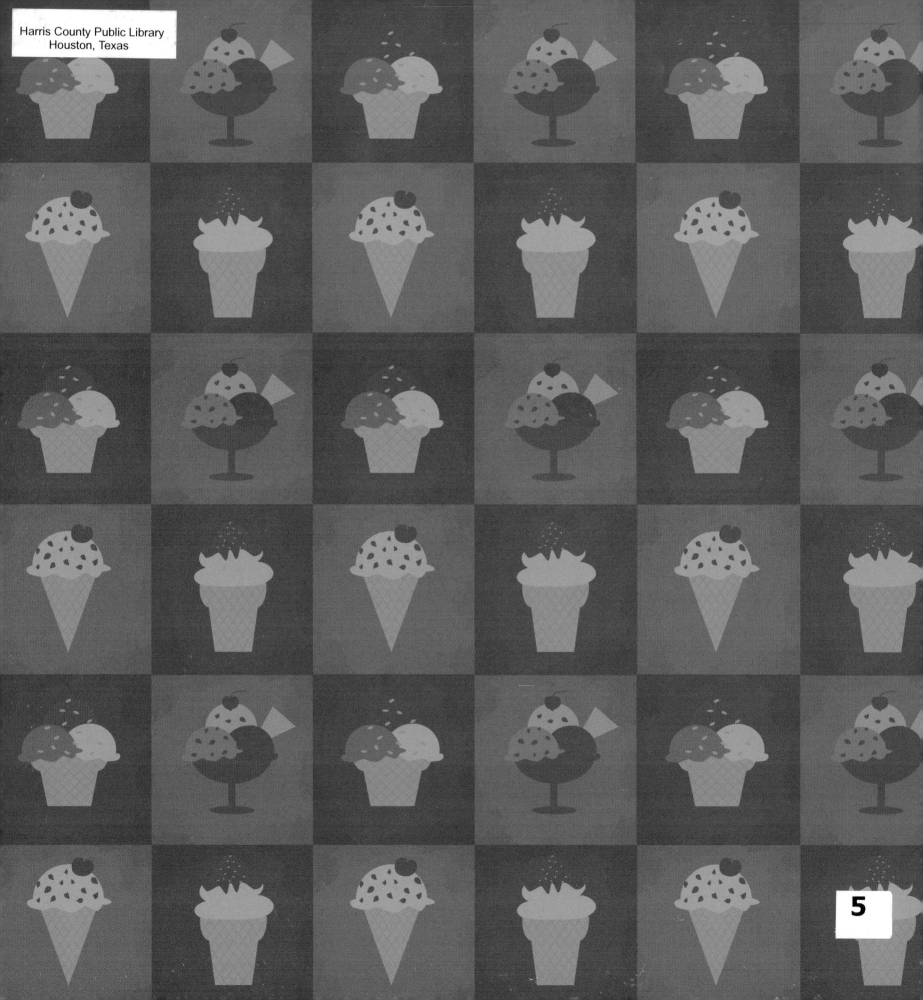

5